PROJET DE CONSTRUCTION

DU

NOUVEL HOTEL-DIEU

DE PARIS.

RAPPORT

FAIT AU CONSEIL MUNICIPAL DE PARIS

PAR

Ambroise TARDIEU,

Membre du Conseil municipal,

Doyen de la Faculté de médecine de Paris, etc., etc.

PARIS

J.-B. BAILLIÈRE ET FILS

LIBRAIRES DE L'ACADÉMIE IMPÉRIALE DE MÉDECINE,

Rue Hautefeuille, 19.

1865

PROJET DE CONSTRUCTION

DU

NOUVEL HOTEL-DIEU

DE PARIS

Ouvrages de M. Tardieu, chez les mêmes Libraires.

DICTIONNAIRE D'HYGIÈNE PUBLIQUE ET DE SALUBRITÉ, ou Répertoire de toutes les Questions relatives à la santé publique considérées dans leurs rapports avec les Substances, les Epidémies, les Professions, les Etablissements et institutions d'Hygiène et de Salubrité, complété par le texte des Lois, Décrets, Arrêtés, Ordonnances et Instructions qui s'y rattachent. 2ᵉ *édition*. Paris, 1862, 4 forts vol. in-8. *Ouvrage couronné par l'Institut de France.* 32 fr.

QUESTION MÉDICO-LÉGALE DE LA PENDAISON, DISTINCTION DU SUICIDE ET DE L'HOMICIDE. Paris, 1865, in-8. 1 fr. 25

RELATION MÉDICO-LÉGALE DE L'AFFAIRE ARMAND (de Montpellier). Simulation de tentative homicide, commotion cérébrale et strangulation. Paris, 1864, 1 vol. in-8, 84 pages. 2 fr.

ÉTUDE MÉDICO-LÉGALE SUR L'AVORTEMENT, suivie d'observations et de recherches pour servir à l'histoire des grossesses fausses et simulées. Paris, 1863, in-8. 3 fr. 50.

RAPPORT GÉNÉRAL A S. E. LE MINISTRE DE L'AGRICULTURE, DU COMMERCE ET DES TRAVAUX PUBLICS SUR LE SERVICE MÉDICAL DES EAUX MINÉRALES de la France pendant 1860, fait au nom de la commission permanente des eaux minérales de l'Académie impériale de médecine. Paris, 1863, in-4° de 32 pages. 2 fr.

ÉTUDE MÉDICO-LÉGALE SUR LES ATTENTATS AUX MOEURS, 4ᵉ *édition*. Paris, 1862, in-8 de 224 pages avec 3 planches gravées. 3 fr. 50

NOUVELLES OBSERVATIONS SUR L'EXAMEN DU SQUELETTE dans les recherches médico-légales concernant l'identité. (*Ann. d'hyg.*, 1863, t. XX, p. 114.)

ÉLOGE DE M. LE PROFESSEUR ADELON. Paris, 1863, in-4 de 30 pages. 1 fr. 25

ÉTUDE MÉDICO-LÉGALE SUR LA STRANGULATION. (*Ann. d'hyg.*, 1859, in-8 de 90 pages.) 2 fr. 50

MÉMOIRE SUR L'EXAMEN MICROSCOPIQUE DES TACHES FORMÉES PAR LE MÉCONIUM ET L'ENDUIT FOETAL, POUR SERVIR A L'HISTOIRE MÉDICO-LÉGALE DE L'INFANTICIDE (*Ann d'hyg.*, 1857, t. VII, p. 350.) 1 fr.

MANUEL DE PATHOLOGIE ET DE CLINIQUE MÉDICALE, 2ᵉ *édition*. Paris, 1857, 1 vol. in-12.

MÉMOIRE SUR L'EMPOISONNEMENT PAR LA STRYCHNINE, contenant la relation médico-légale complète de l'affaire Palmer. (*Ann. d'hyg.*, 2ᵉ série, 1856, t. VI, p. 371 et suiv.) 2 fr.

ÉTUDE HYGIÉNIQUE SUR LA PROFESSION DE MOULEUR EN CUIVRE. Paris, 1855, in-12. 1 fr. 25

VOIRIES ET CIMETIÈRES. Paris, 1852, in-8.

MÉMOIRE SUR LES MODIFICATIONS QUE DÉTERMINE DANS CERTAINES PARTIES DU CORPS L'EXERCICE DES DIVERSES PROFESSIONS, POUR SERVIR A L'HISTOIRE MÉDICO-LÉGALE DE L'IDENTITÉ. (*Ann. d'hyg.*, 1849, t. XLII, p. 388; t. XLIII, p. 131.) 1 fr. 50

JUSQU'A QUEL POINT LE DIAGNOSTIC ANATOMIQUE PEUT-IL ÉCLAIRER LE TRAITEMENT DES NÉVROSES. Paris, 1844, in-4° de 60 pages. 2 fr.

DE LA MORVE ET DU FARCIN CHRONIQUE CHEZ L'HOMME. Paris, 1843, in-4. 5 fr. 50

OBSERVATIONS ET RECHERCHES NOUVELLES SUR LA MORVE CHRONIQUE et les ulcérations morveuses des voies aériennes chez l'homme et chez les solipèdes. (*Arch. gén. de méd.* Paris, 1841, in-8 de 32 pages et 1 planche.)

Sous presse :

ÉTUDE MÉDICO-LÉGALE SUR L'EMPOISONNEMENT. Leçons professées à la Faculté de médecine de Paris. Paris, 1865, 1 vol. in-8 avec figures.

Paris. — Imprimerie de E. MARTINET, rue Mignon, 2.

PROJET DE CONSTRUCTION

DU

NOUVEL HOTEL-DIEU

DE PARIS

RAPPORT

FAIT AU CONSEIL MUNICIPAL DE PARIS

PAR

Ambroise TARDIEU,

Membre du Conseil municipal,
Doyen de la Faculté de médecine de Paris, etc., etc.

———

PARIS

J.-B. BAILLIÈRE ET FILS

LIBRAIRES DE L'ACADÉMIE IMPÉRIALE DE MÉDECINE,
Rue Hautefeuille, 19.

1865

EXTRAIT

DES

ANNALES D'HYGIÈNE PUBLIQUE ET DE MÉDECINE LÉGALE,

2ᵉ SÉRIE, 1865, T. XXIV.

Journal rédigé par : MM. Andral, Boudin, Brierre de Boismont, Chevallier, Devergie, Fonssagrives, Gaultier de Claubry, Guérard, Michel Lévy, Mêlier, Pr. de Pietra Santa, Ambr. Tardieu, Trebuchet, Max. Vernois. Avec une *Revue des travaux français et étrangers*, par M. le docteur Beaugrand.

Publié depuis 1829, tous les trois mois, par cahier de 250 pages avec planches.

PRIX DE L'ABONNEMENT ANNUEL :

Pour Paris : 18 fr. par an. — Pour les départements (*franco*) : 20 fr.

On s'abonne à Paris, chez J.-B. BAILLIÈRE et FILS, 19, rue Hautefeuille.

PROJET DE CONSTRUCTION

DU

NOUVEL HOTEL-DIEU

DE PARIS

———

Le Conseil municipal de la ville de Paris est appelé par
M. le sénateur, préfet de la Seine, à délibérer sur l'ensemble du projet de reconstruction de l'Hôtel-Dieu et sur
les voies et moyens à l'aide desquels il sera procédé à cette
opération.

Aucune affaire plus importante ne peut être soumise aux
délibérations du Conseil; aucune ne se présente dans des
conditions plus délicates et plus graves. Car si, d'une part,
il est permis de la considérer comme parfaitement en
état, grâce aux longues et consciencieuses études qui ont

(1) Rapport fait dans la séance du 24 mars 1865, au nom du comité
n° 3, composé de MM. Dumas, président du conseil; Boulatignier, président du comité; Monnin-Japy, vice-président; Decaux, secrétaire;
Arnaud-Jeanti, baron Michel de Tréfaigne, Collette de Baudicour, Des-
fossé, Dumont, A. Firmin-Didot, Flourens, Ch. Merruau, Périllieux,
Sézalas et Amb. Tardieu, rapporteur.

précédé le projet; au talent et aux soins minutieux avec lesquels les plans ont été dressés; aux discussions savantes dont ils ont subi l'épreuve, tant dans le conseil de surveillance de l'assistance publique, qu'au sein d'une commission spéciale, choisie parmi les médecins et chirurgiens des hôpitaux; aux modifications apportées dans les plans primitifs, pour donner, dans la mesure du possible, satisfaction aux objections et aux réserves qui s'étaient produites; à l'entente parfaite qui s'est établie entre M. le préfet et l'administration de l'assistance publique, sur les combinaisons financières à adopter; grâce enfin à la haute sollicitude que n'a cessé de marquer l'Empereur pour cette grande entreprise, depuis le jour où, dans une lettre mémorable, il mettait un terme aux délais qui en avaient retardé l'exécution, jusqu'à hier encore, où, se faisant rendre compte des projets préparés, il les laissait librement discuter devant lui et leur accordait une suprême sanction; d'un autre côté, il ne serait ni juste ni sage de méconnaître qu'autour de cette question de la reconstruction de l'Hôtel-Dieu, s'est élevé un mouvement d'opposition et de controverse, dans lequel la passion du bien et les prétentions de la science n'ont pas su toujours se préserver de l'exagération, mais qui, malgré tout, devait préoccuper une administration aussi éclairée que l'est celle de la ville de Paris, et lui faisait un devoir, alors qu'un intérêt d'humanité était invoqué, de ne pas repousser sans examen les protestations qui s'élevaient, quelque peu nombreuses qu'elles fussent, et de ne se décider qu'après les plus sérieuses et les plus mûres réflexions.

Le moment est venu de peser, sans parti pris comme sans faiblesse, les idées théoriques et les nécessités pratiques, de les concilier dans la reconstruction du nouvel Hôtel-Dieu, de passer, en un mot, de l'étude et de la discussion à l'action. Le Conseil municipal apportera dans l'apprécia-

tion des projets qui lui sont soumis, avec le ferme désir
d'assurer et d'accroître le bien-être de la population pau-
vre, en lui donnant à la place du vieil Hôtel-Dieu qui
tombe, un hôpital où rien ne lui manquera de tous les perfectionnements que l'industrie et la science ont réalisés de
nos jours, l'intention non moins arrêtée de soutenir l'Administration dans les desseins où elle s'inspire des besoins
qu'elle a mission de satisfaire, plus que d'un idéal qu'il
serait imprudent de poursuivre et plus impossible encore
d'atteindre.

Dans l'exposé que nous allons avoir l'honneur de soumettre au Conseil, et après avoir rappelé succinctement ce
qu'a été et ce qu'est encore aujourd'hui l'Hôtel-Dieu, nous
donnerons la description de l'hôpital qu'il s'agit d'élever
d'après les plans qui sont placés sous nos yeux; nous en
ferons connaître d'une manière rapide la disposition générale, les aménagements particuliers, et les services spéciaux;
nous passerons en revue pour chacun d'eux et nous discu-
terons les critiques qui ont pu se produire: nous indique-
rons en même temps les remarques que, sur quelques points,
l'étude de ces plans a suggérées au comité. Passant ensuite
à l'examen des voies et moyens proposés pour faire face
aux dépenses de toute nature que doit entraîner la reconstruction de l'Hôtel-Dieu, nous nous attacherons à montrer
dans quelle situation réciproque la combinaison financière
que le Conseil aura à apprécier devra placer l'administration de l'assistance publique et celle de la ville de Paris.
Le projet de délibération qui sera proposé à l'adoption du
Conseil résumera les différentes parties de ce rapport.

Mais, avant d'entrer en matière, nous devons énumérer
les pièces dont communication nous a été faite par M. le
sénateur, préfet de la Seine, et qui, comprenant tous les
éléments de la question, nous ont permis d'en acquérir
rapidement une connaissance complète et ont rendu pos-

sible la tâche si difficile imposée au rapporteur. Ces documents, qui contiennent non-seulement le projet lui-même, mais les pièces de l'Instruction administrative à laquelle celui-ci a été soumis, sont au nombre de neuf, savoir :

1° L'avant-projet et les plans préparés par MM. Gilbert et Diet, architectes, pour la reconstruction des bâtiments de l'Hôtel-Dieu, avec devis et atlas contenant 10 feuilles ;

2° Un avant-projet dressé par M. Ser, ingénieur de l'administration de l'assistance publique, avec plan et devis des travaux spéciaux qui rentrent dans sa compétence ;

3° Les procès-verbaux et le rapport de la Commission médicale appelée, au mois d'octobre 1864, par M. le Directeur de l'administration générale de l'assistance publique, à émettre un avis sur le projet de reconstruction ;

4° et 5° Deux mémoires présentés au conseil de surveillance par M. le Directeur de l'administration générale de l'assistance publique, en date des 23 février et 2 mars 1865, sur les travaux de reconstruction et sur les voies et moyens ;

6° Un tableau, avec évaluation sommaire des dépenses, des divers projets à exécuter par l'administration de l'assistance publique ;

7° Le rapport de la commission du conseil de surveillance chargé d'examiner la question de la construction du nouvel Hôtel-Dieu ;

8° L'avis délibéré sur cette affaire par ledit conseil dans sa séance du 23 mars 1865 ;

9° Le rapport récapitulatif adressé le même jour à M. le Sénateur, Préfet de la Seine, par M. le Directeur de l'administration générale de l'assistance publique.

On trouvera, dans le rapport qui va suivre, l'analyse de ces divers documents, dont la seule mention peut déjà faire pressentir l'importance.

I. — Ce n'est pas ici le lieu, ce ne serait pas d'ailleurs au Conseil municipal de la ville de Paris qu'il serait utile de redire les origines et le passé de l'Hôtel-Dieu; qu'il suffise de rappeler que durant plus de dix siècles, au cœur de la vieille cité, au pied de Notre-Dame, en face du palais de saint Louis, sous les noms pieux de Maison-Dieu, de Grand hospice d'humanité, d'Hôtel-Dieu, un asile a été ouvert à la souffrance; et qu'aujourd'hui, bien qu'il ne reste plus une pierre du premier édifice, dans cet hôpital mutilé, morcelé, dissocié, mais encore soutenu par l'antique noblesse de ses services et de son nom, plus de huit cents malades reçoivent les secours de la médecine et de la charité publique. Et cependant il y a tout près de cent ans que la question du déplacement de l'Hôtel-Dieu s'agite. Il est vrai que ce projet était né de l'horreur qu'inspiraient à tous l'installation intérieure de cet hôpital et les tableaux qu'ont pu y voir encore à la fin du siècle dernier des témoins dont l'émotion s'est transmise jusqu'à nous. C'est de l'un d'eux que l'illustre président du conseil, M. le sénateur Dumas, tient directement les détails qu'il a exposés en termes saisissants au sein du comité, et que Bailly, Tenon, la Rochefoucauld-Liancourt, ont décrits dans leurs admirables mémoires. Les malades y étaient entassés au nombre de quatre ou cinq mille dans 1,877 lits de dimensions variables, dont les grands contenaient quatre et quelquefois jusqu'à six ou huit malades à la fois (1), forcés ainsi de subir la vue des

______

(1) Cette promiscuité qui, à la seule pensée, révolte le cœur et la raison, et qui semble si loin de nous, se retrouve, à un moindre degré, il est vrai, mais toujours repoussante, dans le pays où l'on a été si souvent chercher des modèles à opposer à notre régime d'assistance publique. Les *Work-houses* de Londres qui, en raison de la population qu'ils reçoivent, sont, à bien des égards, plus directement comparables avec nos établissements hospitaliers que les grands hôpitaux anglais, renferment encore dans les services d'accouchement et de vieillards des lits qui reçoivent deux

opérations, les angoisses de l'agonie et le contact de la
mort les uns des autres.

L'Hôtel-Dieu, malgré le soulèvement de l'opinion, successivement agrandi, mais non déplacé, avait résisté même
à l'incendie terrible qui le détruisit en partie en 1772, et à
la recrudescence des réclamations que suscita ce désastre en
faveur d'une reconstruction devenue inévitable. Plus tard,
à une époque voisine de nous, après qu'un sentiment plus
vif de la dignité humaine, une charité plus intelligente et
plus vraie, et l'autorité de la science mieux comprise eu-
rent réussi à transformer le régime intérieur des établissements hospitaliers, on voit l'opinion publique s'apaiser et
l'Hôtel-Dieu défendu par le respect du peuple, qui l'en-
toure encore et le protége à l'heure même où nous sommes.
Il l'était non moins énergiquement par les médecins et
chirurgiens éminents dont la renommée faisait sa gloire et
qui, en 1824, en 1838, s'opposaient avec chaleur au déplacement projeté et soutenaient la nécessité de le conserver,
en proclamant « la position heureuse, la bonne exposition,
» la salubrité de l'Hôtel-Dieu, qui, ajoutaient-ils en prévi-
» sion d'une reconstruction plus ou moins prochaine, ne
» pourrait être remplacé que par un hôpital aussi grand,
» aussi central, à la portée du même quartier, réunissant
» les mêmes conditions de salubrité (1). »

Il est impossible de n'être pas frappé de cette situation

personnes. J'ai vu dans le *Work-house* de Lambeth, dans l'un des quar-
tiers les plus considérables de la rive droite de la Tamise, un service de
femmes en couches, où deux femmes et deux enfants occupent un lit qui
n'a pas plus de 1 mètre 20 centimètres de largeur. On éprouve quelque
satisfaction à se dire que l'on ne trouverait rien de pareil dans notre pays,
en dépit des critiques injustes dont l'administration de l'assistance publique a été l'objet.

(1) Les noms seuls que nous allons citer, et qui sont ceux des signa-
taires de la note de 1824 et du mémoire de 1838, disent assez quelle autorité doit s'attacher à l'opinion de tels hommes : Dupuytren, Petit,

générale et de ce mouvement des esprits dans une question
où le sentiment a une part que la raison même ne saurait
lui refuser. A tous les points de vue, en effet, l'Hôtel-Dieu
se présente avec un caractère particulier qu'on ne peut méconnaître, et dont une administration vigilante et soucieuse avant tout du bien public doit de toute nécessité
tenir compte. Il est pour le peuple de Paris le symbole de
la bienfaisance au seuil de l'antique cathédrale; il est, pour
rentrer dans une voie purement pratique, un hôpital d'enseignement, un foyer nécessaire d'instruction, le centre de
l'éducation médicale et chirurgicale clinique, où la Faculté
dispense la science et institue les épreuves que doivent
subir les aspirants au doctorat. Il est encore à proximité du
siége de l'administration de l'assistance publique, le refuge
des malades les plus gravement atteints parmi ceux qui,
n'ayant pu trouver place dans les autres hôpitaux, refluent en
grand nombre vers le bureau central d'admission; de telle
sorte que l'Hôtel-Dieu est non pas seulement l'asile ouvert
aux misères de la population d'une circonscription limitée,
mais par excellence l'hôpital général et central. Il faudrait,
pour lui dénier ce titre, oublier de quelle utilité immense
il a été par sa situation même dans les grandes épidémies et
dans les temps de troubles qu'ont traversés nos générations.
Il offre enfin à l'administration une ressource dont elle ne
pourrait être privée sans dommage, soit pour les études
qu'elle poursuit incessamment sur les diverses parties du
régime hospitalier, soit pour les concours publics à l'aide
desquels s'opère d'une manière à la fois si brillante et si
sûre le recrutement du corps médical des hôpitaux de
Paris. Ces nécessités, auxquelles l'Hôtel-Dieu seul peut satisfaire, sont si impérieuses, que, dans l'état de ruine où il
est actuellement, il ne subsiste en réalité que pour y faire

Magendie, Récamier, Breschet, Roux, Blandin, Gueneau de Mussy,
Caillard, Honoré, Husson, Jadioux et Louis.

face ; et que, s'il est urgent de le reconstruire, il paraît impossible de le déplacer.

Une seule considération, primant toutes celles que nous venons de rappeler, eût pu motiver la décentralisation de l'Hôtel-Dieu : c'est celle de la salubrité. En plus d'une circonstance, la situation qu'il occupe a été violemment accusée d'être insalubre ; il est même curieux, ainsi que le faisait remarquer M. Dumas, de voir les savants réformateurs de l'ancien Hôtel-Dieu incliner à mettre sur le compte de l'emplacement de l'hôpital les effets désastreux et très-manifestes de l'encombrement des lits et des salles. C'était là pourtant qu'étaient les vraies causes d'insalubrité, et, quand elles ont disparu, les médecins les plus instruits ont reconnu que, malgré les apparences, si défavorablement situé, si mal construit, si médiocrement aménagé, si malpropre, si humide qu'il semble, l'Hôtel-Dieu n'est pas plus malsain que les autres grands hôpitaux (1).

La question de salubrité générale peut donc être à bon droit écartée ou du moins réservée, et l'administration, qui a reçu de l'Empereur et qui accepte sans hésitation la tâche d'opérer enfin la reconstruction de l'Hôtel-Dieu, reste en présence des considérations et des exigences que nous avons précédemment exposées.

Il en est une qui domine toutes les autres, et qui, dans le moment présent, mérite toute la sollicitude et com-

(1) La mortalité comparative de ces divers établissements peut fournir à cet égard des renseignements qui, sans donner une absolue certitude, car la mortalité dépend de causes trop complexes pour être considérée exclusivement comme la mesure de la salubrité, ne sont cependant pas dépourvus d'intérêt. Nous la résumons dans ses résultats généraux pour les soixante dernières années, et nous nous contentons de faire remarquer combien sont petites et variables les différences qui séparent entre eux à ce point de vue les établissements les plus dissemblables. Dans les tableaux ci-dessous les hôpitaux sont rangés dans l'ordre de la moindre mortalité, et le chiffre de celle-ci est calculé sur cent décès. Nous n'avons pas

mande, à vrai dire, les résolutions de l'administration municipale. M. le Préfet de la Seine l'a bien compris, et, dès le principe, sans varier un seul jour, il s'est attaché à la faire prévaloir en appuyant de sa haute autorité le double principe de l'Hôtel-Dieu maintenu dans la cité et d'un

besoin d'ajouter que ces données brutes, recueillies en dehors de toute catégorisation et de toute analyse statistique, n'ont qu'une valeur comparative très-générale dont nous nous garderons bien d'exagérer la portée.

Mortalité pour 100 dans les hôpitaux généraux de Paris,
de 1804 à 1864.

1804-1813.		1830-1839.		1850-1859.	
1 Cochin......	13,98	Pitié.........	9,13	Cochin........	9,78
2 Charité.....	14,43	Cochin........	10,06	Saint-Antoine..	10,45
3 Necker......	16,72	Charité.......	10,86	Charité.......	10,61
4 Pitié.......	17,72	Hôtel-Dieu....	12,27	Pitié.........	11,04
5 Saint-Antoine.	18,01	Necker.......	12,59	Necker........	11,66
6 Beaujon.....	18,14	Beaujon.......	13,24	Beaujon........	11,85
7 Hôtel-Dieu...	20,19	Saint-Antoine..	13,72	Hôtel-Dieu....	11,92

1861.		1862.		1863.	
1 Cochin.....	10,46	Charité.......	9,96	Cochin........	8,97
2 Necker.....	10,54	Hôtel-Dieu....	11,63	Charité.......	10,52
3 Charité.....	10,69	Saint-Antoine..	11,65	Beaujon.......	10,96
4 Saint-Antoine.	11,96	Beaujon.......	11,68	Saint-Antoine..	11,44
5 Beaujon.....	12,06	Necker.......	12,64	Hôtel-Dieu....	11,80
6 Hôtel-Dieu..	12,48	Cochin........	12,90	Necker.......	12,28
7 Pitié.......	14,09	Pitié.........	13,15	Pitié.........	13,44

Si l'on compare les places qu'occupe successivement dans les différentes périodes chacun des hôpitaux généraux, on voit que l'Hôtel-Dieu, Beaujon et la Pitié sont exactement sur la même ligne. Pour les quatre dernières l'hôpital Lariboisière, que nous n'avons pas fait figurer dans le tableau, pour ne pas modifier le classement général, occupe :

De 1850 à 1859. le 7e rang, avec une mortalité de 11,88 pour 100.
En 1861....... le 7e rang,   idem.   13,75   —
En 1862....... le 5e rang,   idem.   12,59   —
En 1863....... le 7e rang,   idem.   12,63   —

nombre à peu près égal de lits maintenus dans l'Hôtel-Dieu. Ce nombre est actuellement de 828. Le Conseil connaît trop bien les ressources actuelles dont dispose à Paris l'assistance publique, pour qu'il soit besoin d'insister sur l'insuffisance notoire des lits existant dans les hôpitaux généraux, et sur l'impossibilité d'en restreindre le nombre. Des projets ultérieurs dont nous aurons à parler, et qui permettent de prévoir la création de nouveaux établissements hospitaliers, ne compenseraient pas la diminution immédiate du nombre des lits destinés au traitement des affections médicales et chirurgicales, et sont seulement destinés à remédier utilement dans l'avenir à l'impuissance regrettable où se trouve l'assistance publique de s'étendre à toutes les misères. Il suit de là que l'on ne peut, sans imprudence, songer à diminuer, d'une manière notable, l'importance du nouvel Hôtel-Dieu, pas plus qu'on ne doit l'éloigner des lieux où s'est fondée et où a grandi sa renommée dix fois séculaire. On en revient forcément aux termes posés il y a trente ans par les médecins et les chirurgiens de l'Hôtel-Dieu, qui ne consentaient à le voir remplacé que par un hôpital aussi grand et aussi central.

II. — Analyse et description des plans et projets. — Ces principes une fois posés, et le Comité espère que le Conseil n'hésitera pas à les admettre, il s'agit de rechercher, dans une étude attentive des plans qui nous ont été communiqués, si l'application de ces principes est possible, et si elle a été réalisée dans les conditions hygiéniques, économiques et architecturales les plus favorables. Une description rapide des dispositions adoptées permettra d'en juger. Il importe toutefois de faire remarquer qu'on ne doit pas s'attacher trop étroitement à la lettre; il ne s'agit, quant à présent, que d'avant-projets; et en ce qui touche surtout certaines parties techniques, certains motifs, certains détails de style qui sont destinés à être modifiés ou remaniés dans l'harmonie générale, le Conseil peut, sans crainte, s'en rapporter au goût et à l'habileté des deux architectes placés à la tête de cette grande entreprise, ainsi qu'à la haute direction qu'ils ne peuvent manquer de recevoir. Il sera donc exclusivement question, dans les développements qui vont suivre, de ce qui concerne à proprement parler l'hôpital, et de la manière dont sont conçus et distribués les différents services dont il se compose.

Emplacement de l'Hôtel-Dieu. — Il n'y a pas lieu de revenir sur l'emplacement définitivement choisi pour la reconstruction de l'Hôtel-Dieu; il a été précédemment fixé par une délibération du Conseil municipal du 30 septembre dernier (1), et est circonscrit, comme on sait, par la place

(1) Nous croyons utile de reproduire ici le texte de cette délibération :

Extrait du registre des procès-verbaux des séances du Conseil municipal de la ville de Paris (séance du 30 septembre 1864).

Présents : MM. Auger, F. Barrot, Bayvet, Billaud, Chaix d'Est-Ange, Decaux, Denière, Devinck, V. Dillais, Dubarle, Dumas, Fère, Fouché-Lepelletier, V. Foucher, G. de Charnacé, Gouin, Hébert, Lebaudy, le chevalier Lefrotter de la Garenne, Legendre, Lemoine, Lenoir, Merruau, Monnin-Japy, E. Moreau, Onfroy, Oudot, Paillard de Villeneuve, Picard, Possoz, Ravaut, Teissonnière, G. Thibaut, Thiboumery, Varin.

Le Conseil,

Vu le mémoire de M. le sénateur, préfet de la Seine, en date du 26 septembre présent mois, concernant le projet de déplacement de l'Hôtel-Dieu et de sa reconstruction sur un autre emplacement, ledit projet contenant les dispositions suivantes :

1° La formation du périmètre du nouvel Hôtel-Dieu et ses dépendances ;

2° L'agrandissement de la place du Parvis-Notre-Dame ;

3° La rectification et l'élargissement à 20 mètres de la rue d'Arcole ;

4° L'élargissement à 20 mètres de la rue de la Cité ;

5° La fixation des alignements définitifs de la rue du Cloître-Notre-

du Parvis-Notre-Dame, la rue d'Arcole, le quai Napoléon et
la rue de la Cité. Nous n'en parlerons que pour consigner

Dame, de partie du quai Napoléon, du quai Desaix, de l'avenue de
Constantine et de la voie d'isolement du nouveau tribunal de commerce
entre cette avenue et le quai Desaix ;

Vu le plan sur lequel ces diverses dispositions sont indiquées par des
lisérés bleus ; ledit plan indiquant également les côtés de nivellement des
voies ci-dessus énumérées ;

Vu le procès-verbal de l'enquête à laquelle ces projets ont été soumis à
la mairie du 4e arrondissement, ensemble les diverses pièces y annexées ;

Vu le rapport du directeur de la voirie et celui du directeur de l'administration générale de l'assistance publique ;

Considérant que depuis longtemps l'administration a reconnu la nécessité de reconstruire l'Hôtel-Dieu, dont les bâtiments actuels ne sauraient
être conservés, tant à raison de leur vétusté que parce qu'ils sont insuffi-
sants pour les besoins du service ; que, suivant le projet, le nouvel Hôtel-
Dieu sera circonscrit par la place du Parvis-Notre-Dame, agrandie jusqu'à
la Seine, le quai Napoléon, la rue d'Arcole, redressée et élargie à
20 mètres, et la rue de la Cité également élargie à 20 mètres ; qu'il serait
impossible de trouver au milieu de la ville une situation plus convenable
au point de vue des besoins de la population et des nécessités du service ;
que l'emplacement désigné, dont la superficie est d'environ 20 000 mètres,
outre l'avantage de sa position centrale, réunit toutes les conditions d'aération et de salubrité que l'on doit désirer pour un établissement de cette
nature ;

Considérant que les opérations de voirie accessoires qui se rattachent à
ce projet sont bien conçues et présentent l'ensemble le plus satisfaisant,
au double point de vue de la salubrité et des facilités de la circulation ;

Considérant que ce projet paraît avoir été reçu généralement avec faveur
par le public ; que toutefois des observations ont été présentées, quelques-
unes par des hommes spéciaux ; qu'elles ont été examinées et discutées
dans les rapports ci-dessus visés des directeurs de la voirie et de l'administration générale de l'assistance publique, qui proposent de maintenir
le projet dans toutes ses dispositions ;

         Délibère :

     Il y a lieu,

1° D'approuver et de faire déclarer d'utilité publique le projet de sup-
pression de l'Hôtel-Dieu actuel et de sa reconstruction sur l'emplacement
circonscrit par la place du Parvis-Notre-Dame, le quai Napoléon, les rues
d'Arcole et de Constantine, ainsi que l'ensemble des opérations de voirie

ici l'approbation sans réserve qu'a donnée à ce choix la commission médicale instituée avec l'autorisation de M. le sénateur, préfet de la Seine, par M. le directeur de l'administration générale de l'assistance publique, et que résume en ces termes le rapporteur de cette commission, M. le docteur Broca, l'un des chirurgiens les plus distingués des hôpitaux.

« L'emplacement proposé nous paraît réunir la plupart » des conditions désirables; et il serait difficile d'en trouver » un meilleur dans la région centrale où l'Hôtel-Dieu doit » être reconstruit. » Ce jugement nous dispense de toute autre remarque, et c'est seulement pour mieux faire comprendre la description qui va suivre que nous rappellerons ces conditions favorables de l'emplacement du futur Hôtel-Dieu.

Celui-ci est orienté du nord au midi, et de ces deux côtés il s'ouvre sur de larges espaces, par le parvis Notre-Dame, le petit bras de la Seine et la largeur d'un double quai d'une part; de l'autre par les quais du nord, le grand bras de la Seine et la place de l'Hôtel-de-Ville. Sur cette face, ainsi qu'on l'a fait justement observer, le voisinage d'un grand fleuve et son courant rapide constituent une voie naturelle et puissante d'aération. A l'est et à l'ouest, les rues d'Arcole et de la Cité, sans offrir d'aussi larges espaces, seront cependant agrandies dans des proportions assez con-

ci-dessus décrites, qui se rattachent à ce projet principal ; le tout conformément aux tracés figurés par des liserés bleus sur le plan ci-dessus visé ;

2° Et d'autoriser la ville de Paris à acquérir soit à l'amiable, soit par voie d'expropriation, dans les formes prescrites par la loi du 2 mai 1841, et aussi par application du décret du 26 septembre 1852, sur la voirie de Paris, les immeubles ou portions d'immeubles nécessaires à l'exécution de ces projets.

Signé au registre :

DUMAS, *président.*

E. MOREAU, *secrétaire.*

A. TARDIEU.   2

sidérables pour que les abords de l'Hôtel-Dieu l'emportent
sur ceux de la plupart des hôpitaux connus. Il n'est pas
nécessaire de relever une erreur qui s'est cependant repro-
duite avec une certaine persistance, et de faire remarquer
que, d'aucun côté, l'Hôtel-Dieu n'a à redouter l'ombre de
la cathédrale. Enfin si nous ajoutons que, perpendiculai-
rement à la face occidentale, l'avenue de Constantine aboutissant au Palais de justice favorisera le courant de l'air
d'une extrémité de l'île de la Cité à l'autre, on reconnaîtra
qu'au point de vue de l'hygiène, en ce qui touche l'orien-
tation, l'exposition générale et l'aération, le nouvel Hôtel-
Dieu réunit les meilleures conditions et ne saurait être
sérieusement critiqué, surtout si on le compare à la situation actuelle qu'il occupe sur le petit bras de la Seine, bai-
gnant dans l'eau du fleuve; ou même à d'autres hôpitaux
construits sur des points les plus élevés et qui, peut-être à
cause de cette altitude même, sont en réalité moins salu-
bres qu'on ne serait tenté de le croire. Nous le répétons, le
Conseil municipal n'a plus à se préoccuper du choix de
l'emplacement qu'une délibération antérieure a fixé et qu'il
n'y aurait d'ailleurs aucun motif sérieux de modifier.

**Aperçu général des constructions et des dispositions
intérieures du nouvel Hôtel-Dieu.** — Nous arrivons à la
question actuelle, à l'avant-projet des constructions. Celles-
ci se développent dans les limites que nous venons de re-
tracer et dont le périmètre comprend une superficie totale
d'environ 22 200 mètres; elles peuvent se diviser en trois
parties distinctes.

La première est formée par l'avant-corps et s'étend en
façade sur la place du Parvis-Notre-Dame, où est l'entrée
principale du nouvel Hôtel-Dieu. Celle-ci donne accès dans
un premier vestibule de 160 mètres de superficie, des deux
côtés duquel elles se trouvent, à gauche le concierge et le

service des consultations externes, comprenant : salle d'attente, cabinets de médecins, trois pièces de pansement et dépendances nécessaires ; à droite, le service des admissions avec salle d'attente et bureau d'enregistrement, le cabinet du directeur et celui de l'économe. Dans la partie de la façade qui correspond à ce vestibule, les bâtiments sont à rez-de-chaussée seulement, de manière à intercepter le moins possible l'air et les rayons du soleil. Mais des deux côtés la façade s'élève ; le premier étage est occupé par les appartements du directeur, de l'économe, du pharmacien en chef, des aumôniers et des employés ; le second contient vingt-huit chambres destinées aux élèves internes, auxquelles on arrive par un escalier particulier et par un corridor bien éclairé. Dans les combles, sont les logements et dortoirs des gens de service, avec un escalier séparé pour chaque sexe.

Dans cette première partie, à la suite du vestibule d'entrée, est une cour carrée, accessible aux voitures et aux brancards qui amènent les malades, et autour de laquelle règnent des galeries de communication. De chaque côté, deux vastes amphithéâtres pour les leçons cliniques et les opérations, d'où l'on peut passer de plain-pied dans les salles de chirurgie, sans que les opérés soient exposés à l'air extérieur.

De cette cour, on accède à un second vestibule, dit Salle des fondateurs, à gauche duquel est une salle de réunion pour les médecins, et à droite le cabinet et les laboratoires du pharmacien en chef et les salles de garde des élèves. Autour et au-dessus de la cour carrée est disposée une terrasse qui domine la place du Parvis, et dont les côtés sont occupés, au premier étage, par deux amphithéâtres latéraux semblables à ceux du rez-de-chaussée, avec les deux pièces accessoires et une salle de 10 lits, avec toutes ses dépendances, dont l'affectation au service de chirurgie indiquée sur le plan fera l'objet d'une réserve très-sérieuse ; au deuxième étage, par le service d'accouchement, partagé en quatre salles de 2, 4, 6 et 10 lits, avec leurs dépendances isolées, et deux chambres de travail.

Ici s'arrête cette première partie ou avant-corps du nouvel Hôtel-Dieu.

Il faut franchir la première cour et le second vestibule, pour pénétrer dans l'hôpital proprement dit, qui, lui-même, peut se décomposer en trois groupes de constructions disposées autour d'une cour centrale, longue de 77 mètres. Un grand bâtiment longitudinal à deux étages, sous combles, s'étend dans toute la longueur de cette cour, dont la largeur, qui est de 35 mètres à la partie supérieure, n'est plus que de 25 mètres au rez-de-chaussée et au premier étage, où une galerie de communication extérieure est prise et s'ouvre en arcades sur la cour intérieure. C'est là le premier groupe de constructions.

A ce double bâtiment longitudinal viennent se rattacher deux groupes de pavillons transversaux : trois à droite pour les hommes, trois à gauche pour les femmes. Les pavillons n'ont que deux étages, y compris le comble; ils sont isolés de trois côtés et séparés les uns des autres par des préaux plantés d'arbres, de 37 mètres 60 centimètres de large sur 34 mètres de long. Ce sont ces pavillons qui forment, à proprement parler, l'habitation des malades; et l'étendue des préaux sur lesquels les salles prennent jour, ainsi que la hauteur des bâtiments sont calculées de telle sorte que l'insolation et l'aération en soient librement assurées.

La distribution intérieure de ces divers groupes de constructions mérite d'être indiquée avec quelques détails. Chaque pavillon renferme trois salles superposées, contenant de 26 à 30 lits, espacés entre eux de 2 mètres 50 centimètres, et dont les dimensions donnent un cubage de 56 mètres 28 centimètres à 60 mètres 80 centimètres. Les fenêtres montent jusqu'au plafond et descendent jusqu'à 20 ou 30 centimètres du sol ; elles occupent les deux côtés, et, de plus, il en existe une largement ouverte à l'extrémité de chaque salle, dont l'entrée est occupée par le cabinet de la religieuse donnant sur l'intérieur et par une pièce où sont placés une baignoire et des lavabos. Outre cette triple rangée de salles principales conprenant l'ensemble des pavillons, les services sont complétés par une salle de six lits et deux chambres à un lit qui, placées dans le bâtiment longitudinal hors des pavillons, en sont complétement distinctes. C'est là aussi que se trouvent disposés l'office et les cabinets d'aisances, les appareils mécaniques, dont nous reparlerons, et enfin une salle de réunion pour les convalescents.

La dernière partie de l'hôpital est celle qui en forme la limite septentrionale et qui est en façade sur le quai Napoléon. Le centre en est constitué sur la cour intérieure, qu'elle ferme de ce côté, par la chapelle située au premier étage, et à laquelle on monte par un escalier monumental. C'est à elle que se rattachent les services funéraires, les salles des morts et d'autopsie, et la cour inférieure, dans laquelle le mouvement des chars mortuaires pourra s'opérer hors de la vue de tous.

Cette partie comprend encore la communauté des religieuses Augustines, dont l'installation est complète : parloir, salle capitulaire, salle de récréation, dortoirs, cuisine, etc., le service de la lingerie, et enfin, comme annexe obligée du nouvel Hôtel-Dieu, le bureau central d'admission de l'administration de l'assistance publique, ouvrant sur le quai avec cour et entrées spéciales à couvert, salle d'attente, cabinet des médecins et dépendances.

Pour compléter cette description, il convient d'ajouter que, dans toute l'étendue de l'établissement, est ménagé un vaste sous-sol, prenant jour et air sur une cour à l'anglaise, qui borde la base des bâtiments. Cette disposition permet de placer, sans rien retrancher à l'espace qu'exigent les malades, et de disposer largement les services généraux, tels que la cuisine et ses dépendances, la pharmacie, les bains, la buanderie, les réfectoires des gens de service et de vastes magasins appropriés à tous les besoins de l'hôpital, dont l'approvisionnement se fera de la manière la plus facile et la plus commode par une cour particulière réservée, dans la partie occidentale de l'édifice, en face de l'avenue Constantine.

Services spéciaux. — Telle est l'économie générale des plans projetés pour le nouvel Hôtel-Dieu. Nous n'en aurions cependant donné qu'une idée insuffisante, si nous ne disions quelques mots des services spéciaux qui tiennent une si grande place dans la constitution actuelle d'un hôpital, et pour lesquels des projets particuliers ont été élaborés par l'habile ingénieur de l'administration de l'assistance publique, M. Ser. Nous voulons parler du chauffage, de la ventilation, de l'éclairage, du service des eaux, des transports mécaniques, etc. Un mémoire très-bien fait et très-complet, communiqué au conseil, fournit sur ces divers points les renseignements les plus précis.

Chauffage. — Les différents moyens de chauffage applicables à un grand hôpital y sont successivement examinés; et après avoir écarté les poêles simples, d'un entretien difficile et coûteux, les calorifères à air chaud, qui donnent une chaleur lourde et pénible, les cheminées à foyer découvert, qu'il faudrait multiplier outre mesure et qui entraîneraient trop de frais, si l'on voulait en obtenir un chauffage suffisant dans les salles de malades, l'avant-projet donne la préférence pour le nouvel Hôtel-Dieu à un système mixte, combiné du chauffage à l'eau chaude et du chauffage à la vapeur.

Les chaudières sont établies dans la cour de service du bureau central, à l'extrémité nord-ouest de l'hôpital. Une entrée particulière permet d'y amener directement le charbon. La vapeur produite suffira à la fois pour le chauffage de tout l'établissement, la distribution d'eau chaude dans les offices, la cuisine, la pharmacie, les bains d'eau et de vapeur, et enfin la machine motrice des ventilateurs et des pompes. Les tuyaux qui l'amènent aux différents services sont placés dans la galerie qui règne dans le sous-sol tout autour de l'hôpital. Le chauffage des salles se fait par les calorifères à eau, chauffés au moyen de serpentins dans lesquels circule la vapeur. L'air chauffé au contact de ces appareils se rend, par des conduits ménagés dans l'épaisseur des murs, dans les salles des malades, où il entretient une bonne et douce température. La masse d'eau chaude renfermée dans les poêles constitue une réserve abondante de chaleur, qui procure à la température une stabilité parfaite, malgré les variations d'intensité des foyers. Des registres convenablement disposés permettent de régler et de suspendre l'arrivée de l'air chaud dans une partie quelconque de l'hôpital et même dans une fraction de salle. L'expérience et le calcul se réunissent pour démontrer que ce système de chauffage peut être établi dans des conditions économiques très-satisfaisantes. Il est, en outre, applicable à tous les services sans exception. On réserve seulement pour les salles de réunion des convalescents les cheminées à foyer découvert, dont l'aspect est plus agréable et l'action en quelque sorte plus réconfortante.

Ventilation. — Le renouvellement de l'air dans les salles de malades du nouvel Hôtel-Dieu est assuré par un système mixte qui, réunissant les avantages des deux grandes méthodes de ventilation par insufflation et par appel, échappe aux critiques que chacune d'elles, prise isolément, s'est attirée tour à tour. En effet, dans l'avant-projet que nous

analysons pour en rendre au Conseil municipal l'examen
plus facile, l'air neuf est insufflé par des ventilateurs placés
dans le sous-sol, en même temps que l'air vicié est em-
porté par six cheminées d'évacuation établies à la rencontre
des pavillons et des bâtiments longitudinaux.

Les premiers vont puiser l'air à une grande hauteur sur
la face septentrionale de l'hôpital dans le vaste espace qui
s'étend au-dessus des quais, du grand bras de Seine et de la
place de l'Hôtel-de-Ville : cet air pur est conduit à la partie inférieure de chaque pavillon par des canaux souterrains
dont la température constante de 10 degrés le réchauffe en
hiver et le rafraîchit en été. Là, après avoir circulé dans
les calorifères, suivant les besoins du chauffage, il débou-
che par quatre orifices disposés à 1 mètre 50 centimètres de hauteur environ dans l'axe de chaque salle. Il
s'élève jusqu'au plafond et redescend par couches succes-
sives pour servir à la respiration et à l'entraînement des
miasmes.

Quant à l'évacuation de l'air vicié, celui-ci s'échappe par
des orifices ménagés au niveau du plancher dans les murs
des pavillons et aboutissant à une vaste cheminée où un
appel énergique est entretenu en été aussi bien qu'en hiver
par la chaleur des réservoirs d'eau chaude destinée aux offices qui sont placés à la partie inférieure.

Le renouvellement de l'air est calculé à raison de 100 mètres cubes par heure et par lit, et cette quantité peut encore au besoin être notablement augmentée : une machine
de la force de huit chevaux, dont la vapeur est d'ailleurs
utilisée à bien d'autres services, suffit largement à mettre
en mouvement les ventilateurs; ce qui est une garantie
contre l'élévation de la dépense, de même que les dispositions proposées pour utiliser dans la cheminée d'appel la
chaleur des réservoirs d'eau chaude.

Toutes les parties de l'hôpital, à l'exception des salles de malades, seront *éclairées au gaz ;* les dispositions de ce service n'offrent rien de particulier.

La *distribution d'eau* est assurée, d'une part, par sa double origine dans la Seine et dans l'Ourcq, et dans une prise double de chacune de ces eaux, aux deux extrémités de l'hôpital; par l'établissement des réservoirs, les uns au rez-de-chaussée, les autres dans les combles, et par le jeu de pompes mues à la vapeur pour le cas où la pression ne suffirait pas à monter l'eau dans la cuvette de distribution des étages supérieurs.

Des *monte-charges* et des *chemins de fer* servent à la réception et au transport des divers approvisionnements. De la cour de service située au rez-de-chaussée un treuil hydraulique les fait descendre dans le sous-sol, où de petits wagons, roulant sur un chemin de fer, les portent à leur destination. D'autres treuils hydrauliques font mouvoir des monte-charges à l'aide desquels, de la cuisine, de la pharmacie et des magasins, les aliments, les médicaments et les divers objets peuvent être montés aux étages supérieurs.

Ces treuils sont disposés de manière à pouvoir prendre les malades sur une civière au rez-de-chaussée pour les élever à l'étage où se trouve la salle qu'ils doivent occuper. La dépense d'eau employée pour mettre les monte-charges en mouvement sera d'autant moins considérable qu'on en utilisera la plus grande partie pour le service des bains.

Les *sonneries électriques* sont indiquées comme devant établir des communications très-étendues et instantanées entre tous les services et en assurer à la fois le contrôle et la régularité. Des *bascules* pour le pesage des combustibles et des denrées reçues, des *paratonnerres* sur les différentes parties de l'édifice, une *horloge* avec cadran au fronton de la chapelle, complètent l'ensemble des travaux spéciaux à exécuter dans l'Hôtel-Dieu reconstruit.

III.—EXAMEN ET APPRÉCIATION DES PLANS ET DISPOSITIONS PROJETÉS.—Quelque effort que nous ayons fait pour donner une idée exacte des plans de reconstruction du nouvel Hôtel-Dieu, et pour justifier les propositions du Comité en fournissant à chacun les moyens de juger par lui-même, nous ne pouvons nous dispenser de revenir sur l'ensemble et sur les détails de cette grande entreprise, et avant d'en exposer les voies et les moyens, nous devons rechercher en l'examinant avec impartialité, si, au double point de vue de l'hygiène et de l'assistance publique, elle est digne de la haute approbation du conseil municipal.

Ce n'est pas à dire toutefois que nous croyons devoir donner place dans ce rapport à toutes les questions d'hygiène hospitalière ou même d'économie politique et sociale qui, directement ou indirectement, de près ou de loin, ont été agitées à propos de l'Hôtel-Dieu : nous nous sommes suffisamment expliqué à cet égard; mais il en est quelques-unes qui, en raison soit de l'autorité avec laquelle elles ont été débattues, soit de la persistance avec laquelle elles se sont reproduites, ou encore parce qu'elles ont trouvé un écho dans le sein même des commissions ou des conseils qui entourent l'administration, ne peuvent être passées sous silence. Nous avons abordé cette étude sans parti pris, sans opinion préconçue; il convient d'en donner la preuve en ne nous refusant pas à écouter et à peser mûrement toutes les objections, de quelque côté et dans quelque sens qu'elles se produisent.

Il est cependant une remarque préliminaire qu'on nous permettra de présenter et qui porte en elle-même plus d'un enseignement. Par une circonstance toute fortuite, et à l'occasion d'un rapport purement scientifique sur un fait de pratique chirurgicale soumis à l'Académie impériale de médecine, une discussion s'était engagée, il y a trois ans à peine, devant cette savante compagnie, sur les résultats comparatifs des grandes opérations dans les différents hôpitaux français et étrangers, et, par suite, sur les principes généraux de l'hygiène des établissements hospitaliers. D'un autre côté, l'administration de l'assistance publique, justement émue et soucieuse de montrer qu'elle ne restait pas indifférente à cette espèce d'agitation, et qu'elle était prête à se mettre elle-même à la tête de tous les progrès, s'entourait des lumières des hommes les plus compétents parmi les médecins, chirurgiens, pharmaciens et administrateurs des hôpitaux, et se livrait à des études dont les résultats ont fourni les matériaux d'un grand ouvrage publié par M. A. Husson, directeur de l'administration générale de l'assistance publique, véritable monument élevé à la science de l'hygiène hospitalière (1). Enfin, la haute sollicitude de l'Empereur et de l'Impératrice, toujours en éveil sur ces questions d'assistance publique, et dont tous ceux qui ont eu l'honneur d'approcher Leurs Majestés ont recueilli, en toute occasion, de si touchants témoignages, se manifestait publiquement par l'institution récente près du ministère de l'intérieur d'un conseil supérieur de l'hygiène des hôpitaux. Il est résulté de ce concours, ainsi qu'on devait s'y attendre, un grand mouvement d'opinions dans lequel, à des points de vue très-divers, parfois même opposés, ont été soulevées et débattues bien des questions d'une importance incontestable; mais en même temps bien des hypothèses et des systèmes que l'expérience n'a pas consacrés, que la science même n'a pas encore mûris. C'est dans ces circonstances singulières que les projets de reconstruction de l'Hôtel-Dieu, depuis si longtemps suspendus, sont tout d'un coup sortis de l'ombre, avec une apparence de nouveauté qu'ils

______

(1) A. Husson, *Étude sur les hôpitaux.* Paris, 1863.

devaient à des conditions purement éventuelles et qui ne
pouvait tromper que les personnes étrangères aux longs et
interminables débats qu'ils alimentaient depuis tant d'années. Il était naturel que l'entreprise fût jugée sous le coup
des préoccupations abstraites et des idées théoriques qui
étaient venues renouveler la question de l'hygiène hospitalière ; mais il était à craindre que l'on perdît de vue du
même coup la question spéciale de l'Hôtel-Dieu, et qu'ardents à poursuivre la réalisation d'un idéal encore mal
défini, quelques esprits se saisissent de l'occasion, et sans
s'inquiéter des nécessités pratiques auxquelles l'Hôtel-Dieu
doit faire face, ne vissent dans les plans à proposer qu'un
motif d'expérimentation et une matière à controverses.

L'administration de la ville de Paris ne pouvait se laisser
entraîner dans cette fausse voie ; ses devoirs sont tout
autres : et si au moment de reconstruire un grand hôpital
elle doit s'attacher à mettre à profit l'expérience acquise et
à y rassembler tous les perfectionnements que lui offrent
la science et l'industrie, elle ne peut à aucun prix leur
subordonner les intérêts graves et urgents que le nouvel
Hôtel-Dieu doit satisfaire et les conditions impérieuses que
la situation actuelle de l'assistance publique lui impose.
C'est à ce point de vue, moins élevé peut-être, mais plus
sûr et plus vrai, que le Comité s'est placé pour examiner
les plans qui lui ont été soumis et les objections que l'on a
faites ou que l'on peut faire aux dispositions projetées.

Tout a été dit au sujet de l'emplacement choisi, et il
serait superflu d'y revenir après ce que nous avons rappelé
de l'opinion si nettement formulée et avec tant d'autorité
par les médecins et chirurgiens de l'ancien Hôtel-Dieu,
aussi bien que par la commission médicale récemment
appelée à examiner les nouveaux projets de reconstruction
de l'Hôtel-Dieu. Nous n'avons pas à relever ce qu'il y a
d'excessif et d'impraticable dans cette vue qui consisterait

à reléguer les hôpitaux, non pas seulement loin du centre, mais même hors de l'enceinte des villes. Nous nous contentons de répéter que parmi les emplacements successivement proposés dans le voisinage de l'Hôtel-Dieu actuel, celui auquel on s'est arrêté réunit en réalité les meilleures conditions de salubrité générale.

Sur un point seulement l'objection subsiste : le périmètre adopté est déclaré insuffisant, eu égard au nombre de lits que doit contenir l'Hôtel-Dieu. On sait que la superficie totale est de 21 800 mètres, et il est bon de rappeler que le nombre total des lits composant l'ensemble des services de médecine, de chirurgie et d'accouchement, dont nous avons indiqué les divisions, doit être de 716. Nous ne contesterons pas que le rapprochement, ou, pour parler plus exactement, l'opposition de ces deux chiffres puisse, au premier abord, éveiller quelques appréhensions, quand on se reporte à la contenance de quelques hôpitaux dont l'étendue plus considérable ne répond cependant qu'à un moindre nombre de malades ; et, bien plus encore, quand, au nom de certains principes érigés en lois absolues, on prétend fixer par avance le nombre de mètres superficiels que doit offrir, par lit, la totalité de l'emplacement destiné à un hôpital. Ces deux sortes d'objections que nous n'avons pas cherché à amoindrir, on nous rendra la justice de le reconnaître, ont entre elles une évidente connexion ; et comme elles ont trouvé un écho jusque dans le conseil de surveillance de l'administration générale de l'assistance publique ; comme elles sont reproduites avec une certaine insistance dans le rapport qui a précédé la délibération de ce conseil et qui fait partie des communications que nous avons reçues, nous devons les soumettre à un sérieux examen et nous demander quelle en est au fond la valeur.

La question, dans les termes auxquels on voudrait la

réduire, est assurément mal posée. Il est impossible, en effet, d'établir un rapport constant entre le nombre de mètres que comprend le périmètre d'un hôpital et le chiffre des malades qui seront placés dans les constructions de cet hôpital, et de dire, par exemple, qu'un hôpital, pour être salubre, devra présenter, au minimum, un espace superficiel équivalent à autant de fois 50 mètres carrés qu'il devra contenir de lits. La rigueur apparente de cette formule mathématique ne résiste pas à l'évidence du fait. Ne sortons pas de l'Hôtel-Dieu : aussi bien nous ne prétendons en aucune façon poser des lois, et nous nous renfermons exclusivement dans les limites du fait qui nous occupe. Mais, que l'on examine de près les choses et que l'on dise si, au point de vue de la libre aération et de l'insolation, l'Hôtel-Dieu ne bénéficie pas des larges espaces vides qui s'étendent autour de lui au nord et au midi, et s'il est juste, dès lors, de ne faire entrer dans le calcul de la superficie acquise aux malades que les 22000 mètres enclos dans le périmètre de l'hôpital. Bien plus, n'est-il pas clair encore que, dans ce chiffre posé comme base de la proportion à établir entre la surface de l'emplacement et la population d'un hôpital, il conviendrait au moins de faire entrer en ligne de compte le rapport des espaces restés libres et de la superficie occupée par les constructions ; et que, pour l'Hôtel-Dieu, par exemple, l'établissement d'un vaste sous-sol augmente l'étendue intérieure sans diminuer l'espace extérieur de l'hôpital, et permet ainsi de donner aux malades, dans un périmètre réduit, plus de place qu'on ne leur en accorde dans d'autres hôpitaux qui occupent une plus large surface. Que devient, en présence de ces deux faits, un principe absolu, et que valent les objections qui se fondent sur ce principe?

Mais il en est un autre plus absolu encore et qui trouve

des partisans convaincus et d'ardents défenseurs. Quelle que soit la contenance du terrain, un hôpital ne devrait pas, dit-on, dépasser un nombre de lits très-restreint et de beaucoup inférieur à celui qui est proposé pour le nouvel Hôtel-Dieu. Les uns, les plus décidés, n'en veulent pas plus de 200 à 250; les autres iraient jusqu'à 500; quelques-uns enfin, fixent à 600 la limite qu'il ne faut pas franchir. Pour les premiers, si on les suivait dans la voie où les entraîne l'exagération des plus honorables sentiments, on arriverait bien vite à la condamnation et à la destruction totale de l'assistance hospitalière, dont ils ne voient que les inconvénients sans en reconnaître les bienfaits et l'incontestable utilité. Pour les seconds, il n'y a pas à leur répondre, mais à les interroger et à leur demander pourquoi 500 lits plutôt que 600; pourquoi 600 plutôt que 700? Car nous ne saurions le dire trop haut et avec plus de conviction, ce n'est pas le chiffre total des malades admis dans un hôpital qui importe; c'est la manière dont ils y sont placés et traités. Le danger qu'il faut redouter, c'est la viciation de l'air par l'encombrement; et chaque jour le conseil municipal condamne des logements insalubres dans des maisons spacieuses et saines, sachant fort bien que ce n'est pas dans l'ensemble et dans le voisinage, mais dans la localité elle-même que se trouvent les causes réelles de l'insalubrité par défaut d'air et par encombrement.

Appliquons ces données au plan du nouvel Hôtel-Dieu, et il nous sera facile de montrer que le reproche qui, d'une manière générale, semble pouvoir être adressé au nombre trop élevé de 716 lits, tombe devant la distribution excellente des divers services et le fractionnement des malades, innovation heureuse que nous nous félicitons de voir introduire dans notre système hospitalier. Que l'on veuille bien se rappeler la description que nous avons donnée des parties du nouvel Hôtel-Dieu qui seront occupées par des salles de différentes dimensions, on verra que les 716 lits seront répartis dans 18 salles de 26 à 30 lits, 19 salles de 6 lits, 3 de 10 à 12 lits, 44 chambres à 1 ou à 2 lits, en tout 84 pièces séparées, dont le cubage dépasse les proportions admises jusqu'ici dans les établissements les plus favorisés, et où la ventilation artificielle peut porter le renouvellement de l'air au-dessus de 100 mètres cubes par heure et par lit. Ainsi, en résumé, l'élévation du nombre est corrigée par le fractionnement des lits, et l'encombrement général est combattu par l'isolement particulier des malades. 828 malades remplissent aujourd'hui sans aggravation de la mortalité l'ancien Hôtel-Dieu, dont la superficie ne dépasse guère 12 ou 13 000 mètres et que personne ne songe à défendre; 716 malades, dans des conditions exceptionnelles de salubrité, peuvent bien trouver place dans les 22 000 mètres du nouvel Hôtel-Dieu.

Il existe d'ailleurs une disposition particulièrement favorable et toute nouvelle sur laquelle il est bon d'insister. Outre les lits permanents qui forment l'ensemble des services réguliers et qui sont au nombre de 716 84 lits réservés dans les combles des deux bâtiments latéraux de la cour centrale, répartis en 10 salles, serviront à établir une sorte d'alternance dont l'influence hygiénique n'a pas besoin d'être longuement démontrée, et ne seront occupés que d'une manière passagère, lorsqu'il se fera dans quelques-unes des autres parties de l'hôpital un vide correspondant. C'est de cette manière que l'on arrive à un chiffre total de 800 lits; mais avec cette circonstance capitale et bien digne d'attention que les 84 lits de rechange, loin d'ajouter au nombre réel des malades que renfermera le nouvel Hôtel-Dieu, viennent au contraire alléger et défendre contre les effets de l'encombrement les services réguliers qui resteront invariablement fixés au nombre précédemment indiqué (1).

Si nous avons repoussé si formellement la réduction du nombre des lits posée en principe comme une loi de l'hygiène hospitalière, c'est qu'il nous est impossible de trouver dans ces affirmations le caractère de déductions vraiment scientifiques, et que nous ne saurions en aucun cas consentir à fonder sur des données aussi arbitraires les résolutions du conseil municipal et les desseins de l'administration de la ville de Paris. Ce n'est pas, avons-nous besoin de le répéter, que nous nous dissimulions la gravité des questions soulevées; mais à ces questions nous voulons des solutions positives, et non des objections de sentiment. Pour qu'il ne reste aucun doute à cet égard, qu'on nous permette d'insister encore.

Il y a dans la construction d'un hôpital des convenances que personne, aujourd'hui, ne songerait à nier, mais que l'on est porté à exagérer au delà de toute raison. Le nombre des étages superposés, la contiguïté des salles ou des bâtiments doivent, cela est certain, être l'objet d'une attention particulière; mais il ne s'ensuit pas que l'on doive regarder dans un hôpital, d'ailleurs bien disposé, un second étage comme notoirement plus insalubre que le rez-de-chaussée, et que l'on doive mettre entre chaque salle et chaque bâtiment des intervalles véritablement dispropor-

---

(1) Le tableau suivant donne la distribution exacte des malades dans les différentes parties de l'hôpital :

Rez-de-chaussée,	224 lits,	26 salles (grandes ou petites) et chambres.
1er étage........	234	27
2e étage........	258	31
	716	84
Services de rechange.	84	10
	800	94

tionnés et dont il serait d'ailleurs bien rare que l'on puisse disposer. Pour l'Hôtel-Dieu, à cet égard les plans primitifs n'avaient pas paru tout à fait satisfaisants; et, sur les observations de la commission médicale, M. le préfet ayant autorisé de nouvelles études, l'avant-projet actuel a réalisé dans la mesure du possible des dispositions qui suffisent pour éviter la trop grande contiguïté et l'élévation exagérée des pavillons transversaux occupés par les malades. Ceux-ci ont été abaissés d'un étage, et la largeur des préaux qui les séparent a été portée de 30 mètres à 37 mètres 50: la lumière et l'air joueront librement dans cet espace. Quant à la cour centrale, si elle reste encore moins spacieuse qu'on ne serait tenté de le désirer, il convient de faire remarquer qu'elle est ouverte au midi par le peu d'élévation de la partie correspondante de la façade sur la place du Parvis; et que, dans toute sa longueur, règne un double étage de galeries ouvertes qui en augmente la largeur. Enfin, chose plus importante encore, on ne doit pas oublier qu'aucune des grandes salles de malades ne prend jour sur cette cour centrale où s'ouvrent seulement les petites chambres à 1 ou à 6 lits, les offices, les salles de réunions et autres services particuliers, pour lesquels l'espace laissé libre entre les deux bâtiments longitudinaux qui bordent la cour est certainement suffisant.

Nous ne voulons pas terminer ce qui touche les objections générales faites au projet du nouvel Hôtel-Dieu, sans faire observer qu'elles émanent, non pas, comme on affecte de le faire croire, du corps médical tout entier, ni même des médecins des hôpitaux, mais presque exclusivemen des chirurgiens, et sont motivées uniquement sur les différences que présenteraient les résultats des grandes opérations dans la pratique urbaine comparée à la pratique nosocomiale, dans les différents hôpitaux entre eux, ou encore à la ville et à la campagne. Ces différences, en admettant qu'elles ressortent d'une manière positive des statistiques invoquées et qu'elles ne tiennent pas à d'autres causes qu'à l'influence directe et exclusive de l'hôpital, ce qui n'est nullement démontré, seraient certainement de nature à émouvoir non-seulement les chirurgiens eux-mêmes mais encore les administrateurs de l'assistance publique ; mais il est impossible de ne pas considérer que, dans son ensemble, l'hôpital a une bien autre destination que la chirurgie active, et que les nombreuses maladies internes et externes qui n'exigent pas d'opérations, trouvent dans les conditions de l'assistance hospitalière, et surtout dans les perfectionnements que l'on réalisera par l'exécution des plans du nouvel Hôtel-Dieu, des garanties de secours et de guérison aussi assurées que possible. Il en est un d'ailleurs qui, il est permis de l'espérer, se fera sentir même pour les opérés, et atténuera dans l'avenir les oppositions anticipées que l'Hôtel-Dieu a soulevées avant de naître au sein de la Société de chirurgie. Nous voulons parler de ces petites salles et de ces chambres à un lit qui, établies en grand nombre dans l'hôpital, permettront pour la première fois d'instituer sur une grande échelle l'isolement et le traitement à part des pauvres malades qui auront subi de grandes opérations. La statistique médicale depuis quatre ans déjà est établie dans les hôpitaux de Paris ; seule elle apportera un jour la lumière dans ces questions encore si obscures, et dissipera cette confusion contre laquelle nous ne cesserons de protester. Nous l'avons dit ailleurs, la mortalité n'est pas la mesure de la salubrité d'un hôpital ; et il ne serait pas d'une sage administration de subordonner les bienfaits de l'assistance hospitalière aux chances incertaines de la mort qui ne sont pas et ne seront jamais dans les mains de l'homme.

Nous en avons fini avec les objections que l'on peut, à bon droit, appeler principales, et il ne nous reste plus qu'à passer en revue les dispositions de détail du nouvel Hôtel-Dieu, sur lesquelles nous aurons à présenter chemin faisant quelques observations.

Le service d'accouchement mérite de notre part un examen spécial. Le conseil général de la Seine, dans sa dernière session, a manifesté, par un vœu formel, l'intérêt qu'il attachait à l'amélioration du système d'assistance en matière d'accouchement. M. le préfet s'est associé à ce vœu en faisant connaître les vues de l'administration et les progrès accomplis déjà dans cette voie. Le conseil municipal n'a rien oublié de cette grave discussion et est resté très-frappé des avantages incontestés qu'offre pour les femmes en couches le traitement à domicile. Il ne s'ensuit pas qu'il soit possible de supprimer dès à présent les accouchements dans les hôpitaux; mais tout commande de réformer l'économie générale des maternités, de diviser les services d'accouchement et de les établir dans des conditions particulières de salubrité. Le nouvel Hôtel-Dieu offre à cet égard des dispositions bien entendues. Le service d'accouchement y est distinct du reste de l'hôpital et occupe, dans ce que nous avons appelé l'avant-corps, quatre salles de 10, 2, 4 et 6 lits, disposées autour de la terrasse qui domine la cour d'entrée. Il est toutefois une particularité que notre savant président a fait remarquer au comité, et que, d'accord avec lui, nous signalons comme essentiellement défectueuse. Au-dessous de l'une des salles d'accouchement se trouve une petite salle affectée à la chirurgie et indiquée comme devant former une annexe du service des opérés. Il convient d'éviter ce rapprochement et de maintenir l'isolement complet des femmes en couches, ce qui sera on ne peut plus facile en réunissant cette salle de 10 lits au service d'accouchement au lieu de la rattacher à la chirurgie ou même à la médecine.

Nous avons cherché vainement dans les détails de l'avant-projet une disposition qui assure la séparation complète et forcée des malades atteints de variole. Nous savons que cette précaution indispensable, conseillée déjà par Tenon en 1780, réclamée récemment encore avec énergie par l'unanimité des médecins des hôpitaux et si admirablement réalisée à Londres par l'établissement du *Small-pox Hospital* (1), est décidée en principe par l'administration de l'assistance publique. Mais il faut que, dans le nouvel Hôtel-Dieu, les conditions matérielles nécessaires à cette mesure d'humanité soient clairement et formellement étudiées et prévues. Les salles de 6 lits et les chambres à 1 lit, annexées à chaque service médical, très-bonnes pour les cas exceptionnellement graves, seraient absolument insuffisantes et inefficaces pour isoler du reste de l'hôpital le service des varioleux, seul moyen de combattre et de détruire dans son germe cette funeste contagion.

Sous le bénéfice de ces réserves, tout est à louer dans les plans du nouvel Hôtel-Dieu, dont nous avons donné une description qui nous dispensera de plus longs développements. Les services généraux, les appropriations spéciales à un hôpital d'enseignement, la distribution du sous-sol, les abords et dégagements, les dépendances des salles de malades, lavabos, bains, offices, salles de réunion, les bureaux d'admission annexes de l'administration centrale, enfin les lieux consacrés au culte de la religion et à la mort, tout dans les projets soumis à l'approbation du conseil révèle la connaissance approfondie, l'étude conscien-

(1) Aucun hôpital à Londres n'admet les malades atteints de petite vérole. Ceux-ci, à moins de grande épidémie, sont exclusivement dirigés sur *Small-pox Hospital,* établi dans une situation admirable à 4 milles du centre de la ville. Le résultat de cet isolement absolu des varioleux est tel, et l'influence qu'il exerce sur la diminution des cas de petite vérole est si grande, qu'il en existait *hu t* seulement dans l'hôpital spécial et *pas un* dans les vingt autres grands hôpitaux de Londres au moment où nous les avons visités.

cieuse, l'entente parfaite des besoins à satisfaire, des difficultés à vaincre, des ressources à employer et des perfectionnements à introduire dans la construction du nouvel Hôtel-Dieu. Nous ne craignons pas d'être démenti en proclamant que, dans aucun des hôpitaux de la France ou de l'étranger dont les dispositions nous sont connues, on ne trouvera un ensemble aussi bien entendu et une aussi remarquable application de la science et de l'art de l'architecte à l'hygiène et à la construction d'un grand hôpital.

Nous n'ajouterons que quelques mots concernant les travaux spéciaux qui doivent compléter l'Hôtel-Dieu reconstruit. Les monte-charges et chemins de fer, les sonneries électriques, l'éclairage au gaz, l'emmagasinement et la distribution des eaux constituent des améliorations réelles qu'il suffit de citer et sur lesquelles nous n'avons rien à ajouter. Il n'est rien dit des modèles qui seront adoptés dans les cabinets d'aisances ni de la construction des fosses; nous savons que nous pouvons nous en rapporter à la vigilance de l'administration à ce sujet; mais nous ne pouvons passer sous silence des objets si importants pour la salubrité d'un hôpital.

Quant aux systèmes de chauffage et de ventilation proposés, il y a lieu d'insister sur quelques points. Nous avons pris soin de les faire connaître dans leurs principaux détails et d'indiquer déjà les motifs généraux de la préférence qui leur a été accordée. Nous comprenons et nous avons fait ressortir les nécessités auxquelles il est impossible de se soustraire dans le choix et la construction des appareils destinés à chauffer et à ventiler un établissement aussi considérable et d'une nature aussi particulière que celui dont il s'agit. Nous ne sommes donc nullement tenté de méconnaître ces nécessités ou de les subordonner à des réserves trop restrictives; nous nous bornerons à quelques remarques.

La supériorité hygiénique des foyers découverts a été reconnue par l'habile ingénieur à qui sont dues lés études destinées au nouvel Hôtel-Dieu; mais peut-être en a-t-il trop réduit l'emploi en l'appliquant seulement aux salles de réunion des convalescents; et l'on peut se demander pourquoi il n'a pas cherché à en utiliser l'influence salutaire dans les chambres à un lit, dans quelques-unes des petites salles et même dans le service des femmes en couches. En tout le reste, le système de chauffage combiné à l'eau chaude et à la vapeur ne présente que des avantages et réunit les meilleures conditions de commodité, d'économie et de salubrité.

Quant à la ventilation, si nous sommes disposé à réclamer un emploi plus large et plus fréquent de la ventilation naturelle; si nous exprimons hautement le désir de voir s'introduire dans nos hôpitaux l'usage si répandu en Angleterre de donner le plus souvent et le plus longtemps possible par les fenêtres et les portes ouvertes un libre accès à l'air extérieur dans les salles de malades; si nous réclamons à cet effet dans la construction du nouvel Hôtel-Dieu une disposition convenable des fenêtres et l'établissement de châssis mobiles que nous n'avons vu indiqués ni dans les plans, ni dans le mémoire de l'ingénieur, et dont les modèles sont cependant figurés dans l'*Étude sur les hôpitaux*, publiée par M. le directeur de l'administration de l'assistance publique, nous convenons pourtant qu'il n'est pas possible de ne pas assurer le renouvellement de l'air dans les salles de malades et de ne pas pourvoir à l'assainissement de leurs diverses dépendances à l'aide d'une ventilation artificielle. Les systèmes qui, depuis tant d'années, se combattent, et qui, expérimentés à si grands frais à l'hôpital Lariboisière, ont été, chacun de son côté, l'objet de critiques et d'apologies également exclusives, vont se trouver réunis et combinés dans le nouvel Hôtel-Dieu. L'emploi simultané d'une machine à propulsion qui introduira dans les salles l'air neuf pris hors de l'hôpital, et d'un appel rendu plus énergique par l'élévation de la température dans les cheminées d'évacuation, doit concilier les avantages des deux systèmes et faire tomber les objections qui avaient été opposées isolément à chacun d'eux. De l'expérience est née la conciliation, et il est permis de considérer ce système mixte comme la solution définitive du problème complexe de la ventilation artificielle. Le nouvel Hôtel-Dieu profitera de ce progrès de la science d'une manière d'autant plus sûre et d'autant plus heureuse, que toutes les dispositions mécaniques, physiques et économiques de cette ventilation nouvelle sont étudiées et prévues avec tout le soin possible et une connaissance profonde de ces difficiles travaux.

Nous en avons dit assez pour mettre le conseil à même de juger, ainsi que nous en avons pris l'engagement, de la valeur des objections qui ont été dirigées contre les plans du nouvel Hôtel-Dieu, pour lesquels nous n'hésitons pas, après l'examen auquel nous venons de nous livrer, à solliciter presque sans réserve sa haute approbation.

IV. — (La quatrième partie du Rapport est consacrée à l'exposition des voies et moyens d'exécution du nouvel Hôtel-Dieu. Il serait sans intérêt pour les lecteurs des *Annales* de la reproduire, nous en extrayons seulement l'indication de travaux nombreux et importants que se propose d'entreprendre l'administration de l'assistance publique et auxquels l'avenir devra pourvoir.)

Ce programme est de nature à frapper vivement le conseil; dû à l'initiative de M. le directeur de l'administration de l'assistance publique, il résume, en effet, dans un tableau saisissant, les besoins des établissements hospitaliers de Paris, les études incessantes dont ils sont l'objet et les améliorations qui, dans un avenir prochain, devront être réalisées en faveur des classes pauvres de la capitale.

Nous ne pouvons nous dispenser d'en donner ici un aperçu : la création de deux nouveaux hôpitaux pour les adultes, de 500 lits chacun, et d'un hôpital pour les enfants, également de 500 lits, sur le bord de la mer ; l'achèvement et la reconstruction partielle des hôpitaux déjà existants : la Pitié, Saint-Antoine, Cochin, Beaujon, Saint-Louis, le Midi, Lourcine, les Enfants malades, Sainte-Eugénie et la Maternité ; la création de services spéciaux d'accouchement dans les dépendances de plusieurs hôpitaux ou hospices et de maisons spéciales destinées à recevoir des femmes en couches, si, malgré les efforts commencés pour augmenter les accouchements à domicile, il devient nécessaire d'ouvrir de nouveaux locaux avec alternance pour diviser les groupes ; l'établissement de pavillons isolés pour les malades atteints d'affections contagieuses à Necker, Saint-Antoine, Lariboisière et Beaujon ; l'assainissement et la réorganisation de tous les appareils spéciaux et des services de salubrité des divers établissements ; certains travaux d'achèvement ou d'agrandissement dans les hospices à Bicêtre, à la Salpêtrière, à la Rochefoucauld et à Forges-les-Bains, tel est l'ensemble considérable des travaux à entreprendre pour donner à l'assistance hospitalière dans la ville de Paris tous les développements et toute la grandeur qu'elle comporte. Le conseil municipal, qui en comprend toute l'importance, n'hésitera jamais à voter les fonds que M. le sénateur, préfet de la Seine, lui demandera pour en hâter l'exécution. Aussi ne refusera-t-il certainement pas de ratifier l'engagement pris au nom de la ville de Paris, de ne pas laisser l'administration de l'assistance publique au dépourvu et de l'aider dans la mesure de ses besoins à exécuter le vaste programme qui vient d'être exposé.

Les diverses propositions contenues dans le présent rapport ont été approuvées par le conseil municipal et ont servi de base à la délibération suivante :

DÉLIBÉRATION DU CONSEIL MUNICIPAL.
Séance du 24 mars 1865.

LE CONSEIL,

Vu le mémoire, en date de ce jour, par lequel M. le sénateur, préfet de la Seine, lui soumet un projet de reconstruction des bâtiments de l'Hôtel-Dieu sur un terrain circonscrit par la place Notre-Dame et le quai Napoléon, d'une part, la rue d'Arcole et la rue de la Cité, d'autre part ;

Vu l'avant-projet des travaux de construction rédigé par M. Diet, architecte, et par M. Ser, ingénieur de l'administration générale de l'assistance publique, dont la dépense est évaluée à la somme totale de 12 419 627 fr. 21 c.;

Vu l'avis du conseil de surveillance de l'assistance publique en date du 23 mars 1865 ;

Vu le rapport du directeur de cette administration ;

Après avoir entendu le rapport présenté au nom du comité n° 3 ;

Considérant, d'une part, que le projet est bien conçu ; qu'il présente un ensemble de dispositions parfaitement combinées et qui satisfont à toutes les exigences, au double point de vue de la salubrité et de la commodité des services;

Considérant, d'autre part, qu'il résulte des divers documents produits, que l'ensemble de la dépense, spécialement applicable à la reconstruction de l'Hôtel-Dieu et relative tant à l'expropriation des immeubles qu'aux travaux et à l'acquisition du matériel, peut être évalué approximativement à 21 400 000 fr.;

Délibère :

ART. 1ᵉʳ. — Il y a lieu d'approuver l'avant-projet des travaux relatifs à la reconstruction des bâtiments de l'Hôtel-Dieu sur un terrain circonscrit par la place Notre-Dame et le quai Napoléon, d'une part, par la rue de la Cité et la rue d'Arcole, d'autre part, avant-projet dont la dépense est évaluée au chiffre de 12 419 627 fr. 21 c.

ART. 2. — Conformément à la délibération prise par le Conseil de surveillance de l'administration de l'assistance publique dans sa séance du 23 de ce mois, il y a lieu, par cette administration, d'appliquer aux dépenses relatives à la reconstruction de l'Hôtel-Dieu, tant pour l'expropriation des immeubles que pour les travaux et le matériel nécessaires, les ressources ci-après indiquées, savoir :

1° Le capital de la dette contractée par la ville de Paris vis-à-vis de l'administration hospitalière, dette qui n'avait été stipulée remboursable qu'en 1874, et que la ville de Paris s'engage à faire payer à l'administration de l'assistance publique au fur et à mesure des besoins de l'opération dont il s'agit, ci. 12 330 528 90

2° Le prix des terrains et des bâtiments que l'administration de l'assistance publique devra céder à la ville de Paris dans la Cité, pour la formation des abords de Notre-Dame, et que la ville de Paris s'engage à faire verser, au fur et à mesure des besoins, dans la caisse de l'administration de l'assistance publique, aussitôt qu'il aura été réglé entre les deux administrations; ledit prix évalué provisoirement à. . . . .   4 800 000   »

3° Le bénéfice, quel qu'il soit, à provenir de la vente des terrains et bâtiments de l'ancienne institution de Sainte-Périne et des anciens hospices des Ménages et des Incurables, estimé sommairement à. .   2 500 000   »

Total par évaluation. 19 630 528 90

ART. 3.— La ville de Paris supportera seule toute la partie des dépenses d'établissement, de construction et d'installation du nouvel Hôtel-Dieu, et toutes celles relatives aux indemnités d'expropriation des immeubles à acquérir pour la formation du périmètre de l'hôpital qui excéderont le montant des ressources fournies par l'administration hospitalière et qui sont indiquées ci-dessus, et ce, indépendamment des dépenses relatives aux opérations de voirie qui resteront de même et exclusivement à la charge de la ville.

ART. 4.— Le Conseil, en conformité du vœu exprimé par le conseil de surveillance de l'administration de l'assistance publique, se réserve de déterminer ultérieurement le concours que la ville de Paris devra fournir dans les dépenses des travaux qui restent à exécuter par cette administration pour compléter l'amélioration des services hospitaliers.

Paris. — Imprimerie de E. MARTINET, rue Mignon, 2.

NOUVEAU DICTIONNAIRE

MÉDECINE ET DE CHIRURGIE PRATIQUES

ILLUSTRÉ DE FIGURES INTERCALÉES DANS LE TEXTE.

RÉDIGÉ PAR

NUTZ, médecin de la Pitié.

CKEL, professeur agrégé à la Faculté e médecine de Strasbourg.

GNET, professeur à l'École supérieure e pharmacie de Paris.

CO, chirurgien de Lariboisière.

UCÉ, professeur de clinique chirur- icale à l'École de médecine de Bordeaux.

SNOS, médecin des hôpitaux de Paris.

SORMEAUX, chirurgien de l'hôpital Necker.

VILLIERS, membre de l'Académie de médecine.

URNIER (ALFRED), professeur agrégé à la Faculté de médecine de Paris, méde- cin des hôpitaux de Paris.

NTRAC (H.), professeur de clinique à l'École de médecine de Bordeaux.

RALDÈS, professeur agrégé à la Faculté de médecine de Paris, chirurgien de l'hôpital des Enfants malades.

OSSELIN, professeur de pathologie chi- rurgicale à la Faculté de médecine de Paris, chirurgien de la Pitié.

JÉRIN (ALPHONSE), chirurgien de l'hôpi- tal Saint-Louis.

ARDY (A.), professeur agrégé à la Fa- culté de médecine de Paris, médecin de l'hôpital Saint-Louis.

IRTZ, professeur de clinique médicale à la Faculté de médecine de Strasbourg.

ACCOUD, professeur agrégé à la Faculté de médecine de Paris, médecin des hôpitaux.

OEBERLÉ, professeur agrégé à la Faculté de médecine de Strasbourg.

AUGIER (S.), professeur de clinique chi- rurgicale à la Faculté de médecine de Paris, chirurgien de l'Hôtel-Dieu.

EBREICH, professeur d'ophthalmologie.

ORAIN (P.), professeur agrégé à la Fa- culté de médecine de Paris, médecin de l'hôpital Saint-Antoine.

UNIER, inspecteur général du service des aliénés.

NÉLATON (A.), professeur de clinique chirurgicale à la Faculté de médecine de Paris, chirurgien de l'hôpital des Cliniques.

ORE, professeur de physiologie à l'École de médecine de Bordeaux, chirurgien de l'hôpital Saint-André.

PANAS, professeur agrégé de la Faculté de médecine de Paris, chirurgien de l'hôpital de Lourcine.

PEAN, chirurgien des hôpitaux de Paris.

RACLE (V. A.), professeur agrégé à la Fa- culté de médecine de Paris, médecin de l'hôpital des Enfants malades.

RAYNAUD (MAURICE), médecin des hôpi- taux de Paris.

RICHET, professeur agrégé à la Faculté de médecine de Paris, chirurgien de l'hôpital de la Pitié.

RICORD, ex-chirurgien de l'hôpital du Midi.

ROCHARD (JULES), de Lorient, premier chirurgien en chef de la marine au port de Lorient, président du Conseil de santé de Lorient.

ROUSSIN, pharmacien-major de première classe, professeur agrégé de l'École de médecine et de pharmacie militaires (Val-de-Grâce).

SARAZIN (CH.), professeur agrégé à la Fa- culté de médecine de Strasbourg, répé- titeur à l'École de médecine militaire de Strasbourg.

SÉE (GERMAIN), médecin de l'hôpital Beaujon.

SIMON (JULES), médecin des hôpitaux de Paris.

SIREDEY, médecin des hôpitaux de Paris.

STOLTZ, professeur d'accouchements à la Faculté de médecine de Strasbourg.

TARDIEU (AMB.), doyen et professeur de médecine légale à la Faculté de méde- cine de Paris, médecin de l'hôpital La- riboisière, membre du Comité consulta- tif d'hygiène.

TARNIER (S.), professeur agrégé à la Faculté de médecine de Paris, chirur- gien du bureau central.

TROUSSEAU, professeur de clinique mé- dicale à la Faculté de médecine de Paris, médecin de l'Hôtel-Dieu.

Rien ne prouve mieux l'utilité des Dictionnaires de médecine que la faveur avec laquelle le public médical a accueilli plusieurs ouvrages de ce genre depuis le commencement du siècle.

L'époque actuelle de la littérature médicale se caractérise par une grande abondance de traités spéciaux et de monographies publiés en France et à l'étranger, disséminés et par conséquent imparfaitement connus et appréciés. On sentait depuis quelques années la nécessité de rassembler et de coordonner ces travaux épars, de présenter un état complet de la médecine et de la chirurgie contemporaines, de mettre en circulation les nombreuses et récentes acquisitions de la science, et de préparer l'avenir en résumant, en fixant le passé, et en marquant le point de départ des travaux à entreprendre.

Mais une œuvre de ce genre réclamait la coopération d'une association de médecins et de chirurgiens, dont le nombre fût assez considérable pour que chacun pût n'y traiter que des objets les plus habituels de ses recherches, assez restreint cependant pour que l'unité doctrinale nécessaire au moins dans chaque branche des sciences médicales pût être constamment maintenue. Comme garantie de l'autorité des auteurs qui ont bien voulu nous promettre leur concours, nous ferons remarquer qu'ils sont tous placés à la tête de la pratique dans les grands hôpitaux de Paris, de Strasbourg de Bordeaux, etc., ou de l'enseignement dans les Facultés et les Écoles secondaires de médecine, et qu'ils représentent à la fois la médecine civile, militaire et navale. C'est de ces efforts réunis que doit sortir le *Nouveau Dictionnaire de Médecine et de Chirurgie pratiques*, que nous annonçons au monde médical et dont la qualification de *Nouveau* sera justifiée par les progrès qu'il réalisera. Il sera *Nouveau* par le nom du directeur, *Nouveau* par le nom des auteurs, *Nouveau* par le fond et par la forme, *Nouveau* par les nombreuses figures qui seront intercalées dans le texte.

Son titre suffit à indiquer à la fois son but, son esprit et sa forme.

Son but. C'est de rendre service à tous les praticiens qui ne peuvent se livrer à de longues recherches faute de temps ou faute de livres, et qui ont besoin de trouver réunis et comme élaborés tous les faits qu'il leur importe de connaître bien ; c'est de leur offrir une grande quantité de matières sous un petit volume, et non pas seulement des définitions et des indications précises comme en présente le *Dictionnaire de Nysten, Littré et Robin*, mais une exposition, une description détaillée et proportionnée à la nature du sujet et à son rang légitime dans l'ensemble et la subordination des matières.

Son esprit. Le *Nouveau Dictionnaire* ne sera pas une compilation des travaux anciens et modernes : ce sera une analyse des travaux des maîtres français et étrangers, empreinte d'un esprit de critique éclairé et élevé ; ce sera souvent un livre neuf, par la publication de matériaux inédits qui, mis en œuvre par des hommes spéciaux, ajouteront une certaine originalité à la valeur encyclopédique de l'ouvrage ; enfin ce sera surtout un livre pratique. Les auteurs auront présent à l'esprit qu'ils écrivent pour des praticiens, non pas au point de vue d'une doctrine, d'un système, d'une école, mais en profitant de ce que l'observation de tous les temps et de tous les hommes a pu recueillir de véritablement utile et applicable : ce *Dictionnaire* ne sera pas grossi par d'interminables et stériles détails d'histoire naturelle, de botanique, de physique ou de chimie, ce sera moins un livre de théorie qu'un ouvrage de clinique : tout ce qui tient à la pratique de l'art, tout ce qui peut contribuer à rendre les opérations de la thérapeutique médicale et chirurgicale plus sûres et plus faciles, y deviendra l'objet des développements les plus étendus et y occupera la plus large place. Aucune des branches des connaissances médicales ne sera cependant négligée dans ce Dictionnaire, mais elles n'y seront utilisées que pour le diagnostic et le traitement des maladies.

dans cet esprit pratique qu'y seront représentées quelques notions indispensables
itomie, de physiologie et de pharmacologie.

і **forme.** Nous avons adopté, toutes les fois du moins que le sujet nous a paru
jer, le système des monographies, et nous avons exposé dans un seul chapitre,
é en plusieurs articles, les diverses parties d'une même question, sans nous pré-
per autrement de l'ordre alphabétique. C'est ainsi que nous avons décrit au mot
R, au mot Estomac, au mot Foie, toutes les maladies dont ces organes sont le siége ;
ainsi encore que nous avons rapporté au mot Sensibilité toutes les altérations
bides de cette fonction, et que nous avons réservé pour le mot Fièvre, non-seule-
t l'étude de la fièvre en général, mais aussi celle de diverses espèces de pyrexies.
s ces articles d'ensemble, la partie pathologique est toujours précédée, s'il y a lieu,
le introduction portant sur l'anatomie et la physiologie de l'organe, ou de l'appareil
lié. Ce qui constituera une innovation importante, ce sera l'addition de figures des-
es et gravées sur bois et intercalées dans le texte ; premier exemple d'iconographie
liquée à un répertoire encyclopédique des connaissances médicales. L'utilité des re-
sentations figurées dans l'étude des sciences est trop évidente pour que nous nous
ations à la démontrer : la description la plus complète d'un objet ne saurait valoir le
amentaire lumineux de son image, et l'instantanéité des représentations figurées
iplifie, facilite l'exposition, qu'il s'agisse de médecine opératoire, d'anatomie chirur-
ale, d'anatomie pathologique, d'appareils, d'instruments, de physiologie, etc. L'ab-
ce de figures constituerait une lacune véritable, et leur addition sera, croyons-nous,
élément indispensable du succès. Cette partie du Dictionnaire sera exécutée avec le
me caractère d'ensemble que le texte, de manière que la description et la repré-
ıtation s'appuient et se complètent ; ce ne sera pas un ornement accessoire et secon-
ire, ce sera un élément principal.
Beaucoup de figures seront dessinées pour le Dictionnaire, sans que, grâce aux
océdés rapides de la gravure sur bois, la marche régulière de la publication puisse
re entravée ; beaucoup seront par conséquent inédites et nouvelles, d'autres seront
apruntées aux meilleures sources.

Conditions de la souscription :

Le *Nouveau Dictionnaire de médecine et de chirurgie pratiques*, illustré de figure intercalées dans le texte, se composera de 12 à 15 vol. gr. in-8 cavalier, de 800 page

Prix de chaque volume de 800 pages, avec figures intercalées dans le texte. 10 f

Les tomes I, II et III sont en vente, et les volumes suivants se succéderont sal interruption de trois mois en trois mois.

ON SOUSCRIT

Chez J.-B. BAILLIÈRE et fils,

Libraires de l'Académie impériale de Médecine,

Rue Hautefeuille, 19.

PRINCIPAUX ARTICLES DES TROIS PREMIERS VOLUMES.

TOME PREMIER (812 pages avec 36 figures).

Introduction, Jaccoud.

Abcès, Laugier.

Abdomen, Denucé et Bernutz.

Absorption, Bert.

Acclimatement, Jules Rochard.

Accommodation, Liebreich.

Accouchement, Stoltz et Lorain.

Acné, Hardy.

Acupressure, Acupuncture, Giraldès, Roussin et Hirtz.

Adhérence, Alfred Fournier.

Ages, Lorain.

Agglutinatif, Gosselin.

Agonie, Jaccoud.

Aine, Kœberlé.

Air, Buignet, A. Tardieu et J. Rochard.

Aisselle, Bœckel.

Albuminurie, Jaccoud.

Alcoolisme, A. Fournier.

Aliment, Oré.

Alopécie, Hardy.

Amaurose, Amblyopie, Liebreich.

Ambulances, Sarazin.

TOME II (800 pages avec 60 figures).

Aménorrhée, Bernutz.

Amputations, A. Guérin.

Amyloïde, Jaccoud.

Anémie, Lorain.

Anesthésiques, Giraldès.

Anévrysmes, Richet.

Angine de poitrine, Jaccoud.

Ankylose, Denucé.

Anthrax, A. Guérin.

Antimoine.

Anus, Gosselin, Giraldès et Laugier.

Aorte, Luton.

TOME III (800 pages avec 80 figures).

Aphasie, A. Voisin.

Aphrodisiaque, Ricord.

Aphthes, Martineau.

Appareil, Sarazin.

Aréomètre, Buignet.

Arsenic, Hirtz, A. Tardieu et Roussin.

Artères, Nélaton et Maurice Raynaud.

Artériel (Canal), Bernutz.

Artériotomie, Heurtaux.

Articulations, Panas.

Ascite, H. Gintrac.

Asphyxie, A. Tardieu et Bert.

Asthénopie, Liebreich.

Asthme, Germain Sée.

Astigmatisme, Liebreich.

Ataxie, Trousseau.

Atloïdienne (Région), Denucé.

Atrophie, Sarazin.

Atrophie musculaire progressive, Jules Simon.

Le tome IV comprendra des articles de MM. Luton, Desormeaux, Devilliers, Bailly, Giraldès, Alphonse Guérin, Maurice Raynaud, Oré, etc.